しりとりボクシング

新井けいこ 作　はせがわ はっち 絵

小峰書店

もくじ

装幀 城所潤(JUN KIDOKORO DESIGN)

1　モンシロチョウのちかい

「好敵手」と書《か》かれた黒板《こくばん》の文字《もじ》をさしながら、福田《ふくだ》りか先生《せんせい》は教室《きょうしつ》をみわたした。

「みなさんには、まだすこしむずかしいですが、この字《じ》をなんて読《よ》むか、わかる人《ひと》いますか。川原健太《かわはらけんた》くん、どうですか？」

りか先生《せんせい》は、うつむいていればたいていスルーしてくれるのに、どうやら健太《けんた》は顔《かお》をあげていたらしい。

「えっと……」

トレーナーのそでをひっぱりながら、健太《けんた》はしきりに首《くび》をかしげている。

「こうてきしゅだよ」

ぼくはそっと答《こた》えをおしえた。

四年《ねん》二組《くみ》では、二か月《げつ》に一回《かい》くらい席《せき》がえをする。

たいていは、好《す》きな席《せき》を選《えら》んでいいことになっている。目《め》の悪《わる》い子《こ》は前《まえ》でないと黒板《こくばん》がみえないし、後《うし》ろのほうが目立《めだ》たなくていいという子《こ》もいる。窓《まど》ぎわが暑《あつ》くてイヤだという子《こ》や、ろう下側《かがわ》は暗《くら》くて好《す》きじゃないという子《こ》もいる中《なか》、ぼくはきまってまん中《なか》を選《えら》ぶ。そしてだいたい健太《けんた》は、ぼくの席《せき》のちかくにすわる。

「では速水恭平《はやみきょうへい》くん、この言葉《ことば》の意味《いみ》、わかりますか？」

りか先生《せんせい》がいたずらっぽい笑《え》みをうかべて、ぼくに質問《しつもん》した。

「ライバルのことです」

ぼくは答《こた》えた。

「はい、そうですね。ライバルという言葉《ことば》は、みんなもよく知《し》っていると思《おも》いますが、日本語《にほんご》には好敵手《こうてきしゅ》といういい方《かた》があります。『好《こう》』という字《じ》が入《はい》ることで、好《この》ましい競争相手《きょうそうあいて》、という意味《いみ》がつたわる感《かん》じがしますね。力《ちから》が同《おな》じくらいで、競《きそ》いあうのにふさわしい相手《あいて》。みんなも勉強《べんきょう》でもスポーツでも、そういう相手《あいて》がいると、よりがんばれるんじゃないかなと思《おも》います」

先生《せんせい》は、国語《こくご》の授業《じゅぎょう》のさいごを、好敵手《こうてきしゅ》の話《はなし》でしめくくった。

休《やす》み時間《じかん》になると、
学年《がくねん》で一番《いちばん》背《せ》の高《たか》い長井《ながい》翼《つばさ》が、
教卓《きょうたく》に手《て》をついて、えらそうに声《こえ》をはりあげた。
「おれさまの好敵手《こうてきしゅ》はみあたらないなー」
くやしいけど、身長《しんちょう》ではだれも翼《つばさ》に勝《か》てない。
「そうだ。おい、健太《けんた》。おまえさあ、いつも恭平《きょうへい》のちかくにくっついて、
答《こた》えをおしえてもらってるけど、ちょっとは自分《じぶん》で考《かんが》えろよ」

「そうだよ、ずるいぞー」

「でも、健太《けんた》みたいにとろいと、だれかと競《きそ》いあうこともできないよな。ライバルもいないなんて、かわいそー」

翼《つばさ》やまわりの子《こ》たちが笑《わら》っている。

ぼくは健太《けんた》の肩《かた》ごしに、翼《つばさ》たちをにらんだ。

健太《けんた》は、こまったような、すこしとまどったような顔《かお》をして、自分《じぶん》のくしゃくしゃしたクセっ毛《け》の髪《かみ》に手《て》をおいた。

そんな健太《けんた》の様子《ようす》をみていたぼくは、ふいにモンシロチョウのことを思《おも》い出《だ》した。

「健太《けんた》にこまったことがあったら、ぼくが助《たす》ける」

そうきめたのは、去年《きょねん》の一学期《がっき》のころだ。

三年生《ねんせい》の理科《りか》の授業《じゅぎょう》では、モンシロチョウの育《そだ》ち方《かた》を習《なら》うことになっていた。

でも、小《ちい》さいころから虫《むし》がにがてなぼくは、教科書《きょうかしょ》にのっている幼虫《ようちゅう》や、さなぎの写真《しゃしん》をみるだけでも気《き》もち悪《わる》くて、さっさとページをとばしてしまいたかった。ところが先生《せんせい》は「みんなで育《そだ》ててみましょう」なんて、とんでもないことをいいだした。

つぎの週《しゅう》、先生《せんせい》がくばってくれたキャベツの葉《は》っぱには、じっと目《め》をこらさないとみえないくらいの小《ちい》さな幼虫《ようちゅう》がくっついていた。みんなが家《いえ》からもってきた虫《むし》かごにいれて、ふだんは教室《きょうしつ》のロッカーの上《うえ》で、金曜日《きんようび》には家《いえ》にもち帰《かえ》って、世話《せわ》をすることになった。

最初《さいしょ》のうちは、うすい黄緑色《きみどりいろ》の体《からだ》で、むしゃむしゃキャベツを食《た》べる幼虫《ようちゅう》のことをかわいいと思《おも》った。

ところがその幼虫《ようちゅう》は、葉《は》っぱを穴《あな》ぼこだらけにしながら、日《ひ》に日《ひ》に大《おお》きくなっていった。幼虫《ようちゅう》がどんどんぼくのにがてなものに育《そだ》つにつれて、ぼくは世話《せわ》をサボるようになった。そんなときに、ぼくの虫《むし》かごに、せっせと新《あたら》しいキャベツを入《い》れてくれたのが、健太《けんた》だった。

「恭平《きょうへい》のあおむし、よく、食《た》べるよ」

虫《むし》がにがてだってことは、たぶんクラスのみんなにはバレてなかったと思《おも》うけど、健太《けんた》は気《き》づいていたのか、なにもいわずに、ぼくの幼虫《ようちゅう》の世話《せわ》をしてくれた。土曜日《どようび》も日曜日《にちようび》も、ぼくの家《いえ》にきて、新《あたら》しい葉《は》っぱにとりかえたり、ふんのそうじまでしてくれた。

「恭平《きょうへい》、はやく、はやく！」

ある日《ひ》、健太《けんた》が教室《きょうしつ》の後《うし》ろからさけんだ。

ぼくの虫《むし》かごの前《まえ》には、数人《すうにん》の子《こ》が集《あつ》まっていた。

「うわっ」

さなぎの皮《かわ》をやぶって、チョウが白《しろ》いはねをひろげるしゅんかんだった。

健太《けんた》はぼくのかごをかかえると、

「外《そと》にいこう」といって、そのまま走《はし》り出《だ》した。

あとを追《お》いかけると、健太《けんた》は校舎《こうしゃ》の前《まえ》の花《か》だんでとまった。

「ここならすぐに花《はな》のみつがすえるから」

あじさいがいっぱい咲《さ》いていた。

ぼくが健太《けんた》から手《て》わたされたかごのふたを開《あ》けると、チョウはあぶなっかしそうにとびたち、そのまま健太《けんた》のクセっ毛《け》の髪《かみ》にちょこんととまった。

健太《けんた》は頭《あたま》を動《うご》かさないように目《め》だけを上《うえ》にむけてから、こまったような、す

こしとまどったような顔《かお》をした。

やがてチョウは、クルクルと空高《そらたか》くとんで、あじさいの上《うえ》におちついた。

幼虫《ようちゅう》のまま死《し》んじゃって育《そだ》てられなかった子《こ》もいたし、チョウになるしゅんかんをみのがした子《こ》もいたのに、ぼくは健太《けんた》のおかげで、チョウが光《ひかり》をいっぱいにあびながら、空《そら》にのぼっていくのをみることができた。

「よかったね、恭平《きょうへい》のあおむし、生《う》まれかわって」

そのときぼくは、健太《けんた》にこまったことがあったら、ぜったいに助《たす》けるって、ちかったんだ。

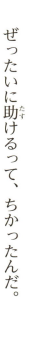

「やっぱ、翼《つばさ》はすごいよな。きのうの試合《しあい》で一点《てん》もとらせなかったんだから」

「そりゃあな、おれは光ヶ丘《ひかりがおか》FC《エフシー》の守護神《しゅごしん》だからな」

クラスには、サッカーのクラブチームに入《はい》っている子《こ》が何人《なんにん》かいて、よくサッカーの話《はなし》をしている。

「あ、そうだ。健太《けんた》、守護神《しゅごしん》って知《し》ってるか？」

ちかくにいた健太《けんた》に、翼《つばさ》はいきなり話《はなし》をふった。

「えっ？　守護《しゅご》……」

顔《かお》をくもらせていた健太《けんた》は、ぱっと顔《かお》をあげた。

「あっ、もしかして、『妖怪《ようかい》キャッチ』に出《で》てくるあの、このへんにいて」

と、手《て》を頭《あたま》の後《うし》ろでぱたぱたさせた。

「それって、おまえ……」

翼《つばさ》のみけんにしわがよる。

「守護霊《しゅごれい》とかんちがいしてねえか」

「ぶはっ」

サッカークラブの子《こ》たちがふき出《だ》した。

「守護神《しゅごしん》っていうのはな、

ゴールキーパーのことをいうんだよ。

つまり、おれのこと。霊《れい》といっしょにしないでくれよ」

「ああ、そうなの」

健太《けんた》は小《ちい》さく背中《せなか》をまるめた。

「でも、なにかを守《まも》るって意味《いみ》では、どっちもおなじだぞ」

ぼくは翼《つばさ》にいいかえした。かんちがいしたとはいえ、いいセンいってる。

四時間目《じかんめ》の音楽《おんがく》の授業《じゅぎょう》が終《お》わって、教室《きょうしつ》にもどったとき、健太《けんた》の発言《はつげん》に、ぼく

はまた、ひやっとした。

「あっくんの歌声《うたごえ》は、ハイスキーボイスだね」

あたりまえのようにさらりといったのだ。

どうかみんな気《き》づきませんようにと思《おも》いながら、
ぼくはまわりの様子《ようす》をうかがった。

「ハイスキーボイスだって、
高《たか》いところからすべるみたいだな」

「ていうか、お酒《さけ》みたいじゃない？

ウイスキーみたい。おいしそう」

「ウイスキーって、おいしいのか？」

「わたし、はやく大人《おとな》になって、お酒《さけ》をのみたいな」

「わたしはお酒《さけ》はやだな。お父《とう》さん、くさいんだもん」

思《おも》いがけず話《はなし》がそれて、ほっとしていたら、

「じつは健太《けんた》くん、わざと笑《わら》いをとってるのよね」

学級委員《がっきゅういいん》の小春《こはる》が、わざわざ話《はなし》をもとにもどした。

「べつに笑《わら》いなんてとってないよ。

あっくんの声《こえ》は、ハイスキーボイスでかっこいいんだもん」

小春《こはる》は健太《けんた》をかばったつもりかもしれないけど、

「ハイスキーって、まだいってる」

「まちがってること、気《き》づいてないしー」

などとはやしたてられて、よけい目立《めだ》ってしまった。

「ハスキーボイスっていうんだよ、健太《けんた》」

そっとおしえる。

「やっぱ、しりとり大会《たいかい》は健太《けんた》のビリできまりだな」

みんなの顔《かお》が、さっと翼《つばさ》のほうにむく。

生《う》まれてはじめてきいた言葉《ことば》くらいのおどろきで、すぐに反応《はんのう》する子《こ》はいない。

「し、しりとり大会《たいかい》？」

小春《こはる》がおそるおそるききかえす。

「そうなんだよ」

ひとりだけ事情《じじょう》を知《し》っている翼《つばさ》の背中《せなか》が、自慢《じまん》げにそりかえった。

「そんなのあるの？」

「いつやるの？」

「しりとりって、あのしりとり？」

小春《こはる》の言葉《ことば》をきっかけに、みんなの質問《しつもん》がつぎつぎにぶつけられた。

翼《つばさ》は守護神《しゅごしん》らしい大《おお》きな手《て》のひらをつき出《だ》して、
みんなの言葉《ことば》をブロックすると、

「十二月《がつ》の学年行事《がくねんぎょうじ》でやるんだってさ。
しりとり大会《たいかい》」
と、ゆっくり答《こた》えた。
ああ、なるほど。翼《つばさ》のお母《かあ》さんは、ＰＴＡ《ピーティーエー》の役員《やくいん》をしていて、
学年行事《がくねんぎょうじ》を仕切《しき》っているんだった。

「しりとりを学年行事《がくねんぎょうじ》で？」

「でも、あんがいおもしろいかもよ」

「えーっ、ドッジボールとかのほうが、ぜったい楽《たの》しいのになあ」

「地味《じみ》だよねー」

あちこちから、なんとなくしずんだため息《いき》がもれる。

「三クラスで、どうやってしりとりをするんだろう」

「親《おや》たちもやるのかな？」

「そのへんのことはこれからみたいだけど、しりとり大会《たいかい》は決定《けってい》だってさ」

翼《つばさ》はニヤリとして、健太《けんた》に目《め》をむけた。

「健太《けんた》、ためしにやってみようぜ、しりとりを」

「えー、しりとり……」

健太《けんた》は不安《ふあん》そうに顔《かお》をゆがめた。

だけど、小《ちい》さいころからみんながやっている単純《たんじゅん》な言葉《ことば》あそびだ。
そんなにむずかしいことはないんじゃないかな。

2　しりとり大作戦《だいさくせん》！

しりとり大会《たいかい》の話《はなし》は、放課後《ほうかご》には、学年《がくねん》じゅうにひろまっていた。

学年行事《がくねんぎょうじ》は一年《ねん》に一度《ど》、親子《おやこ》で参加《さんか》する保護者主催《ほごしゃしゅさい》のイベントで、二人《にん》三脚《きゃく》とか、玉入《たまい》れとかの、どちらかというと運動系《うんどうけい》のものが多《おお》い。

去年《きょねん》はドッジボールだった。

お母《かあ》さんたちは、「キャーキャー」さわいで逃《に》げまわるだけだったけど、四、五人《にん》くらい参加《さんか》していたお父《とう》さんの中《なか》には、本気《ほんき》で速球《そっきゅう》を投《な》げてくる人《ひと》もいたから、すごくもりあがった。

そんな学年行事《がくねんぎょうじ》に、しりとりが登場《とうじょう》するなんてびっくりだ。しりとりなんて、

おおぜいでやって楽《たの》しいのかな。

帰《かえ》り道《みち》。
ランドセルにぶらさがった健《けん》太《た》のナフキン入《い》れのふくろが、大《おお》きくゆれている。
健《けん》太《た》の心配《しんぱい》がふくろにもつたわっているみたいだ。
「恭平《きょうへい》、どうしよう。お母《かあ》さんたちの前《まえ》で、はじをかきたくないなあ」
さっき、翼《つばさ》としりとりをして、健《けん》太《た》はまたみんなに笑《わら》われた。
大《おお》きな声《こえ》の翼《つばさ》に圧倒《あっとう》されたのか、
「ラーメン」とか、
「チャーハン」とか、
「アンパン」、
「ごはん」、

「みかん」と、

【ん】のつく言葉《ことば》を連発《れんぱつ》してしまったのだ。

健太《けんた》がこまっている。ここはぼくの出番《でばん》だ。

「よしっ、しりとり大作戦《だいさくせん》といこう！」

家《いえ》に帰《かえ》ると、しばらくして、健太《けんた》がおやつをもってやってきた。

「おいしそうでしょ。ドーナツ」

「お母《かあ》さんの？」

「うん、そう」

「やった！」

健太《けんた》のお母《かあ》さんはお菓子作《かしづく》りの名人《めいじん》だ。

こないだ健太《けんた》んちにいったときは、クレープを焼《や》いてくれた。生《なま》クリームたっぷりで、めちゃくちゃおいしかった。

きょうのドーナツもすごくおいしいけど、うれしそうにほおばる健太《けんた》に、ぼくはピシャッといった。

「しりとり大会《たいかい》まで、あと一か月《げつ》だよ。しりとりは、言葉《ことば》をいっぱい知《し》ってるほうが有利《ゆうり》だろ。言葉《ことば》をおぼえるには、やっぱり本《ほん》を読《よ》むのがいいと思《おも》うんだ。でもいまからじゃ、そんなにたくさん本《ほん》は読《よ》めないし……」

「うん、うん」

健太《けんた》の目《め》は真剣《しんけん》だ。

「まあ、とりあえずやってみようか」

「しりとりを？」

「そうだよ。やっていくうちに、なにかコツがつかめるかもしれない」

「うん、わかった」

「健太《けんた》からはじめていいよ」

「じゃあ、りんご」

「いきなり、りんごか。ゴリラ」

「ラッパ」

しりとりあそびといえば、ゴリラのつぎはラッパときまっている。

そしてつぎは、
つぎはもちろん、

「パイナップル」

「ルビー」

健太《けんた》もすらすら答《こた》える。

「ビール」

とぼく。

「る、る……」

と健太《けんた》がつまる。

「る、だよなあ、問題《もんだい》は。

やっぱり、【る】の対策《たいさく》だな」

ぼくは机《つくえ》の上《うえ》の本《ほん》だなから、辞書《じしょ》をとり出《だ》して、

【る】のページをひらいた。

「なんだ、思《おも》ったよりあるな」

健太《けんた》も横《よこ》から辞書《じしょ》をのぞく。

「類義語《るいぎご》、類似《るいじ》あたりはまあいいとして、うーん、類推《るいすい》？」

このさいだから、意味《いみ》もおぼえるか。

「あることをもとにして、それに似《に》たほかのことをおしはかること、だって。

むずかしいなあ」

健太《けんた》もはげしくうなずく。

「るいせん。おお、これは使《つか》える。お母《かあ》さんがたまにテレビをみてるときに、るいせんがゆるくなっちゃってとかいってる。涙《なみだ》もろいことだよ」

ぽかんとしている健太《けんた》に、解説《かいせつ》のおまけつき。

「それ、【ん】がつくよ」

「あっ、いっけない」

しりとりの基本中《きほんちゅう》の基本《きほん》。【ん】で負《ま》けてしまうのはさけたい。

「えーっと、あとは、類別《るいべつ》、類例《るいれい》。おお、ここからはほとんどカタカナに突入《とつにゅう》。ルーキー、ルーズ……ううん、ルーツだって。どう?」

顔《かお》をあげて、健太《けんた》をみる。

「むずかしい」

「だよね。ルーマニアは国《くに》の名前《なまえ》だからいいとして、ルームは英語《えいご》で部屋《へや》って意味《いみ》だよ。辞書《じしょ》にのってても、こういう英語《えいご》を使《つか》っていいのかな。なんでもアリになっちゃうと思《おも》わない？　りんごだって、アップルっていいかえられるし。ふでばこもペンケースとか。そしたら、英語習《えいごなら》ってるヤツなんか、めちゃくちゃ有利《ゆうり》じゃん」

ぼくは辞書《じしょ》にかじりつきながら、続《つづ》けた。

「おお、これはいいぞ、健太《けんた》。留守《るす》に留守番《るすばん》……。あ、うそ、うそ。留守番《るすばん》はナシ」

【る】からはじまる言葉《ことば》には、【ん】で終《お》わるものが多《おお》いようだ。

ちょっと注意《ちゅうい》だ。

「それからえっと、ルネサンス。まあまあだな。お、出《で》た出《で》た、ルビー。しりとりの【る】の王様《おうさま》だな。るふ？　なにそれ？　るりは、宝石《ほうせき》のことか。これは使《つか》えるな」

夢中《むちゅう》になっていたぼくが顔《かお》をあげると、いつのまにか健太《けんた》は、マンガを読《よ》んでいた。

「健太《けんた》！」

「ああ、恭平《きょうへい》。終《お》わった？
ね、あそぼうよ。ゲームもってきたし」

「しりとり大作戦《だいさくせん》はどうすんだよ」

「うん、まあ、留守《るす》とルビーをおぼえておけばいいや」

「それだけじゃ、負《ま》けるよ。せっかくだから、もうちょっとおぼえろよ」

「けど、【る】をおぼえても、ぼく、ほかの言葉《ことば》だってわかんないよ。
【れ】も【ろ】も、【わ】とか、【や】だって出《で》てこないよ、きっと」

「うーん」

ぼくは、鼻《はな》から息《いき》をはき出《だ》し、うでを組《く》んだ。

たしかに、健太《けんた》の場合《ばあい》、【る】の対策《たいさく》だけでは、ぜんぜん足《た》りなそうだ。

「でもさ、こうやって、辞書《じしょ》を読《よ》んでいると、けっこう言葉《ことば》をおぼえられるよ。まだ間《ま》にあうよ」

「うーん」

やる気《き》が出《で》ないらしい。

「なあ、翼《つばさ》たちにばかにされてもいいのかよ」

ぼくはイライラして、すこし声《こえ》が大《おお》きくなった。

「もう、とっくに、ばかにされてるし、ちょっとくらいおぼえても、どうせ負《ま》けるよ」

「そんなのやってみなきゃわかんないじゃん。いっしょにがんばろうよ」

いっしょにがんばろうといったのが効《き》いたのか、
健太《けんた》はそっとマンガをとじた。
「わかったよ。恭平《きょうへい》、ありがとう」
「よしっ、翼《つばさ》に勝《か》って、みかえしてやろうぜ」
「みかえすなんて。やっぱ、恭平《きょうへい》はちがうな」
「え、なんで？」
ばかにされたから、相手《あいて》をみかえす、
そんなのあたり前《まえ》のことだと思《おも》うけど、
健太《けんた》にはそういう気《き》もちがあまりないらしい。
ぼくは一年生《ねんせい》のころ、逆《さか》あがりができなくて、
クラスの子《こ》にばかにされた。
くやしくて、お父《とう》さんに、土《ど》、日《にち》に公園《こうえん》で特訓《とっくん》してもらった。

何度《なんど》も練習《れんしゅう》すれば、できるようになることがわかった。

あのときは、すごくうれしかった。

あんなにかにがてだったことが、できるようになったんだ。健太《けんた》だって……。

よし、目標《もくひょう》はきまった。

しりとり大会《たいかい》でぼくは優勝《ゆうしょう》する。そして、健太《けんた》には翼《つばさ》に勝《か》ってもらう。

「本《ほん》よりも、辞書《じしょ》を読《よ》むほうが手《て》っとりばやいかも。知《し》らない言葉《ことば》を新《あたら》しくおぼえるというより、知《し》っているのにめったに使《つか》わない言葉《ことば》ってあるだろ。そういう言葉《ことば》をすぐにひきだせるようにするんだ。とにかく、【あ】から読《よ》んでいこう」

「辞書《じしょ》を読《よ》むなんてたいくつで楽《たの》しくなさそうだけど、恭平《きょうへい》がやるなら、ぼくもやってみるよ」

「じゃあ、とりあえず辞書《じしょ》読《よ》みは宿題《しゅくだい》ってことにして、ゲームしよっか」

「うん、ぼく、ソフトいっぱいもってきたよ」

買《か》ったばかりのゲームソフトを気前《きまえ》よく使《つか》わせてくれるのは健太《けんた》くらいだ。

しりとりのことをすっかりわすれて、ぼくらはゲームに熱中《ねっちゅう》した。


「恭平《きょうへい》、そろそろ帰《かえ》るね」

「ああ、もうこんな時間《じかん》か。じゃあまた明日《あした》な」

玄関《げんかん》でスニーカーに足《あし》をつっこんだ健太《けんた》は、かかとをなおすと、ふりかえっていった。

「ルリクワガタ」

「なにそれ」

「クワガタの種類《しゅるい》だよ」

「あ!」

ぼくの口《くち》はあいたまま、
かたまってしまった。
生《い》き物《もの》が好《す》きな健太《けんた》は、
図書室《としょしつ》で動物《どうぶつ》とか昆虫《こんちゅう》の図《ず》かんばかりみている。
「健太《けんた》、すごいじゃん！　その手《て》があったのか」
健太《けんた》には、だれにも負《ま》けない得意分野《とくいぶんや》があったのだ。

健《けん》太《た》のちょっと解《かい》説《せつ》❶

ルリクワガタ

本州《ほんしゅう》、四国《しこく》、九州《きゅうしゅう》の標高《ひょうこう》の高《たか》い山地《さんち》（ブナ林《ばやし》）に生息《せいそく》している。
体長《たいちょう》はオスで9〜15ミリ。
成虫《せいちゅう》は5〜7月《がつ》ごろに活動《かつどう》するとみられている。

3　アザラシとアシカとオットセイ

宿題《しゅくだい》だった割《わ》り算《ざん》の答《こた》えあわせは、ろう下側《かがわ》の一番前《いちばんまえ》の席《せき》の子《こ》から順番《じゅんばん》に答《こた》えていくことになった。

「どうしよう、宿題《しゅくだい》わすれちゃった」

健太《けんた》がこっそりいってきたので、ぼくは、ノートを机《つくえ》のはしにずらした。

「恭平《きょうへい》、ありがとう」

ぼくに礼《れい》をいう声《こえ》が大《おお》きすぎて、

「健太《けんた》、また教《おし》えてもらってるのか」

「ズルー」

「宿題《しゅくだい》くらいちゃんとやってこいよ」と、翼《つばさ》たちに攻撃《こうげき》されてしまった。

授業《じゅぎょう》が終《お》わったあとの休《やす》み時間《じかん》、トイレからもどろうとしたら、小春《こはる》がろう下《か》でうで組《ぐ》みをして立《た》っていた。小春《こはる》は髪《かみ》の毛《け》を二《ふた》つにわけて、耳《みみ》の上《うえ》でぎゅっと結《むす》んでいるから、大《おお》きな目《め》はわりとつりあがってみえるけど、いまはその目《め》が一《いち》段《だん》と、つりあがっている。

「速水恭平《はやみきょうへい》くん」

フルネームで呼《よ》ばれるなんてなにごとかと、身《み》がまえる。

「あのさあ、健太《けんた》くんに授業中《じゅぎょうちゅう》、答《こた》えをおしえるのやめなよ」

「え、なんで?」

「よくないよ、健太《けんた》くんのために」

学級委員《がっきゅういいん》だからか、もともとの性格《せいかく》がそうなのか、正義《せいぎ》かんぶる小春《こはる》は、ときどきうっとうしい。

「でも、健太《けんた》がこまってんだから」

「速水《はやみ》くんは、健太《けんた》くんがこまってたら、なんでもやってあげるの？」

「なんでもってことはないけど、答《こた》えくらいおしえたってどうってことないだろ」

「答《こた》えくらいって、速水《はやみ》くん、そんなにえらいの？」

「そういうわけじゃないけど、でも、こまってたら助《たす》けてあげるのが友《とも》だちだろ。ふつう」

「ふつうって、速水《はやみ》くん、健太《けんた》くんのことほんとに友《とも》だちだと思《おも》ってる？　なんかさあ、下《した》にみてない？　わたし、そういうの気《き》になるんだよね。ちょっとでしゃばりすぎだよ」

それだけいうと、小春《こはる》はさっとむきを変《か》えて、いってしまった。

なんだ、あいつ。

下《した》にみてるってなんだよ。ぼくは健太《けんた》の友《とも》だちなんだから、上《うえ》とか下《した》とかあるわけないよ。

それに、答《こた》えをおしえることが、でしゃばることになるのか？

健太《けんた》が翼《つばさ》たちにばかにされないように、かばってあげているのに。

いや、でも待《ま》てよ。ぼくが答《こた》えをおしえても、どっちみち健太《けんた》はからかわれる。

健太《けんた》のためによくないって、小春《こはる》はいったけど、そうなのか？

いや、そんなわけない。げんに健太《けんた》もありがとうっていってくれてる。

ぼくと健太《けんた》のことに首《くび》をつっこんで、小春《こはる》こそでしゃばりすぎだ。


「きのう、辞書《じしょ》を読《よ》みはじめたよ」

小春《こはる》にいわれたことが気《き》になって、なんだかむしゃくしゃしたまま昼休《ひるやす》みになった。

健太《けんた》が約束《やくそく》どおりに辞書《じしょ》を読《よ》んできたというのに、ちっともよろこぶ気《き》になれない。それどころか、ぼくは横《よこ》をむいたまま、うそまでついた。

「ぼくは、ぜんぶ読《よ》み終《お》えちゃったよ」

「さっすが、恭平《きょうへい》。すごいなー。ぼくも辞書《じしょ》なんて、むずかしくてぜんぜん読《よ》めないと思《おも》ってたけど、読《よ》みはじめたらけっこうおもしろかった。でも、アザラシでとまっちゃった。ぼくの辞書《じしょ》には、アザラシのところに、アシカとオットセイの絵《え》もかいてあったんだ。恭平《きょうへい》の辞書《じしょ》はどうだった？」

「さあ、どうだったかな」

アザラシもアシカもオットセイも興味《きょうみ》がないから、おぼえてない。

それより、【あ】の段《だん》の、しかも最初《さいしょ》のほうに出《で》てくる「アザラシ」でひっかかってしまっては、健太《けんた》の辞書《じしょ》読《よ》みはいつまでたっても終《お》わらないいんじゃないか。

ぼくの心配《しんぱい》もそっちのけで、健太《けんた》は続《つづ》けた。

「アシカのところには、芸《げい》をおぼえるって書《か》いてあったんだよ。なのに、アザラシのとこにも、オットセイのとこにも書《か》いてないいんだ。みんな芸《げい》はするのにね」

たしかに水族館《すいぞくかん》には、アシカほど多《おお》くはなさそうだけど、アザラシのショーも、オットセイのショーもある。

健太《けんた》の話《はなし》にうなずいてしまったけど、いや、いや、いまはそんなことはどうだっていい。

それより、さっさと辞書《じしょ》を読《よ》まないと、あと一か月《げつ》しかないんだから。

「そのあと、うちにある『海《うみ》の生《い》き物《もの》図《ず》かん』をみちゃって。そしたらあっという間《ま》に、時間《じかん》がすぎちゃったんだ。

ねえ、恭平《きょうへい》の辞書《じしょ》はどうなってるかみてきてよ。アザラシとアシカとオットセイ」

「うん、わかった」

おもしろいことを発見《はっけん》したとばかりに、楽《たの》しそうな健太《けんた》につられて、ぼくもつい返事《へんじ》をしてしまった。

家《いえ》に帰《かえ》ってすぐに辞書《じしょ》をひいた。

ぼくの辞書《じしょ》にはアザラシとオットセイのところには絵《え》がかいてあったけど、アシカにはなかった。芸《げい》のことは書《か》かれていなくて、オットセイはじょうずに泳《およ》ぐ、などと書《か》いてあった。辞書《じしょ》によって、説明《せつめい》の仕方《しかた》がちがうんだ。

健太《けんた》みたいに、アザラシから、アシカやオットセイのページにジャンプして、そこからさらにくわしく図《ず》かんで調《しら》べてみる。そんなやり方《かた》は、ぼくには思《おも》いつきもしなかった。

晩《ばん》ごはんが終《お》わってから、歌番組《うたばんぐみ》をみているお姉《ねえ》ちゃんに、しりとりをしようともちかけた。

「しりとり？　やだ、めんどくさい。もうすぐ、トモくんが出《で》るんだから」

高校生《こうこうせい》のお姉《ねえ》ちゃんは、アイドルのトモくんにはまっている。

「じゃあ、トモくんが終《お》わったらやろうよ」

「えー、なんでまたしりとり？」

「こんど学校《がっこう》で、しりとり大会《たいかい》があるんだ」

「しりとり大会《たいかい》？　うわーなにそれ、つまんなそー」

「夕夏《ゆか》、やってあげてよ。お母《かあ》さんもいくんだから、恭平《きょうへい》にはがんばってもらわないと」

お皿《さら》を洗《あら》いながら、お母《かあ》さんは、やんわりとプレッシャーをかけてくる。

「お母《かあ》さんも出《で》るの？」

「ううん。親《おや》は、みているだけになったそうよ。大人《おとな》が入《はい》ると、ルールがややこしくなって、きめなければいけないことも多《おお》くなるんだって。きょう、翼《つばさ》くんのお母《かあ》さんにばったり会《あ》って、きいたのよ」

「なに、ルールって。しりとりにルールなんてあるの？」

お姉《ねえ》ちゃんにきかれて、お母《かあ》さんは手《て》をふきながら台所《だいどころ》から出《で》てきた。

「たとえばね、はなぢの最後《さいご》の文字《もじ》は、【ち】に点々《てんてん》だから、つぎに、じどうしゃのように、【し】に点々《てんてん》がくるのは、まちがいだとか」

「えー、【ち】に点々《てんてん》も、【し】に点々《てんてん》も音《おと》はおなじなのに？ そんなこと気《き》にしてたら進《すす》まないじゃん。しりとりって、テンポよくやるものなのに、無理《むり》やりルールなんて作《つく》る必要《ひつよう》あるの」

「それが、役員《やくいん》さんの中《なか》に、大学《だいがく》の文化祭《ぶんかさい》でしりとり大会《たいかい》があって優勝《ゆうしょう》した、なんて人《ひと》がいるんだって。だからルールにはこまかいらしいわ」

「へー、大学《だいがく》でしりとり大会《たいかい》なんてやるんだ？」

お姉《ねえ》ちゃんは、しりとりをばかにしている感《かん》じだ。

「それ、だれのお母《かあ》さん？」

ぼくは、ちょっといやな予感《よかん》がしてきいた。

「一組《くみ》の勇人《ゆうと》くんのお母《かあ》さんよ。優勝《ゆうしょう》したときは、辞書《じしょ》をまるごと一冊《さつ》おぼえたらしいわ」

辞書《じしょ》をまるごと……。

ぼくがもっている辞書《じしょ》には三万六千語《まんせんご》ものっているけど、大学生《だいがくせい》が使《つか》うものなら、もっとずっと多《おお》くの言葉《ことば》がのっているはずだ。それをおぼえるなんてすごいなあと思《おも》った。

でも、ぼくのやり方《かた》がまちがっていないことがわかってうれしくなった。

だけどとうぜん、勇人《ゆうと》もその方法《ほうほう》を知《し》ってるわけだ。学年《がくねん》でもトップクラスに成績《せきせき》のいいヤツだけど、一年生《ねんせい》のとき、逆《さか》あがりができなかったぼくを、ばかにしたのも勇人《ゆうと》だった。

「まずいなあ」

「なにが?」

「いや、べつに」

「その子、勇人《ゆうと》くんて、恭平《きょうへい》のライバルなんだね」

お姉《ねえ》ちゃんがおもしろそうにいう。

「でも、親《おや》が参加《さんか》しなくてよかったね。そんな人《ひと》がいたら、みんな負《ま》けちゃうじゃん」

「ほんとよかったわ。子《こ》どもの前《まえ》ではじかいちゃうところだったわ。あとね、ほかにもいろんなきめごとがあるらしいの。ミミズのつぎの言葉《ことば》はだく点《てん》をとって、【ス】からはじめてもいいかどうかとか、消防署《しょうぼうしょ》なんかの場合《ばあい》、つぎの言葉《ことば》は【しょ】にするか、【よ】にするかとか」

「うわーやだ、こまかい」

お姉《ねえ》ちゃんは、もうききたくないって感《かん》じで、首《くび》をふった。

「あとは？」

「あとは、外来語《がいらいご》や英語《えいご》はどこまで認《みと》めるか。そうね、たとえば……」

「ルームだ」

ぼくはきのう、辞書《じしょ》でひいた言葉《ことば》を思《おも》い出《だ》した。

「そうそう、ルームとか、タイムとか。辞書《じしょ》にのっているのは、まあオッケーにするらしいわよ」

お母《かあ》さんは、翼《つばさ》のお母《かあ》さんからきいた話《はなし》をなぞるようにいった。

「あとは、複合語《ふくごうご》。オレンジジュースや、コーヒー牛乳《ぎゅうにゅう》みたいに二《ふた》つ以上《いじょう》の言葉《ことば》があわさったものはオッケーにするかどうか。はじめに、どういうルールでやるのか、ちゃんときめておかないと、あとでもめるらしいわ」

「べつにいいじゃん、そんなのどーでも」

お姉《ねえ》ちゃんはあきれたようにいった。

「わたしたちにはどうでもいいことでも、本格的《ほんかくてき》にやっていた勇人《ゆうと》くんのお母《かあ》さんは、きちんとやりたいんでしょ。サッカーのつぎは、【カ】ではじめるのか、カアーとのばして、【ア】ではじめることにするのか、とかね」

「すごい！　奥《おく》が深《ふか》いなあ、しりとりって」

お姉《ねえ》ちゃんとちがって、ぼくはルールはやっぱりあったほうがおもしろいと思《おも》った。サッカーだってなんだってそうだ。ルールの中《なか》で、どうやって戦《たたか》うかを考《かんが》えるのだ。

「ふーん。まあ、小学生《しょうがくせい》のしりとり大会《たいかい》では、とりあえず、【る】のつく言葉《ことば》をおぼえておけばいいんじゃないの？　あっ、トモくん登場《とうじょう》」

「うん、もう、【る】は調《しら》べたよ。けどさあ、あんまりないんだよ。辞書《じしょ》なんかそんなにのってないし」

お姉《ねえ》ちゃんはテレビにくぎづけで、もうぼくの話《はなし》をきいてなかった。

ぼくもお姉《ねえ》ちゃんといっしょに、トモくんが歌《うた》って踊《おど》るのをみた。画面《がめん》から姿《すがた》が消《き》えて、お姉《ねえ》ちゃんのテンションがさがったころ、もう一度《いちど》いってみた。

「お姉《ねえ》ちゃん、しりとりやろうよ」

「ああ、わかった。いいよ。じゃあ、そっちからはじめて」

「やった。じゃあ、アイスの【ス】」

「スマホ」

「星《ほし》」

「写真《しゃしん》」

お姉《ねえ》ちゃんはいきおいよく答《こた》えた。

「ああ、いっけない、【ん】がついちゃった。わたしの負《ま》けだ」

「じゃあ、もう一回《かい》、星《ほし》からやろう」

「【し】だね。し、し……ショパン。あっ、また、【ん】がついちゃった。わたしの負《ま》けだ。恭平《きょうへい》、強《つよ》いじゃん。きっと、勝《か》つよ。だいじょうぶ」
お姉《ねえ》ちゃんはそういうと、さっと立《た》ちあがって自分《じぶん》の部屋《へや》にいってしまった。
しりとりをやりたくないからって、わざと、【ん】のつく言葉《ことば》をいったんだ。

健《けん》太《た》のちょっと解説《かいせつ》❷

アザラシ・アシカ・オットセイ

アザラシもアシカもオットセイも
4本《ほん》のあしが「鰭《ひれ》」のように変化《へんか》した鰭脚類《ききゃくるい》とよばれる動物《どうぶつ》。

4　ブームとうらい

数日後《すうじつご》、先生《せんせい》から学年行事《がくねんぎょうじ》のプリントがくばられた。

しりとり大会《たいかい》

《日時《にちじ》》　12月《がつ》13日《にち》　水曜日《すいようび》　5時間目《じかんめ》

《やり方《かた》》

○まずはじめに、各《かく》クラスでくじびきをし、五、六人《にん》のグループを五つ作《つく》ります。

（くじは五色《しょく》に色《いろ》わけしてあり、順番《じゅんばん》も書《か》いてあります）

○各《かく》グループにはＰＴＡ《ピーティーエー》役員《やくいん》がついて、タイムキーパーをします。

○保護者《ほごしゃ》の方々《かたがた》には、ルール違反《いはん》、反則《はんそく》などをみてもらいます。
○もち時間《じかん》は十秒《びょう》（テンカウント）で、それまでに答《こた》えが出《で》なかったら、失格《しっかく》となります。
○一回戦《かいせん》は、各《かく》クラスを五つにわけたグループ内《ない》でおこないます。各《かく》グループで最後《さいご》までのこった二名《めい》が二回戦《かいせん》に進《すす》みます。（一クラス十名《めい》で、計《けい》三十名《めい》）
○二回戦《かいせん》は、各《かく》クラスを二グループにわけ、それぞれのグループで最後《さいご》までのこった二名《めい》が準決勝《じゅんけっしょう》に進《すす》みます。（一クラス四名《めい》で、計《けい》十二名《めい》）
○準決勝《じゅんけっしょう》からはクラスに関係《かんけい》なく、十二名全員《めいぜんいん》でくじをひき、二グループにわかれ、それぞれのグループで最後《さいご》にのこった一名《めい》が、決勝《けっしょう》に進《すす》みます。
○決勝戦《けっしょうせん》は一対一《たい》の対戦《たいせん》となります。

《ルール》

①【ん】で終《お》わる言葉《ことば》を使《つか》ったら負《ま》けです。

②スキー、スターなどのあとは、【ー】の前《まえ》の音《おと》、スキーの【キ】、スターの【タ】からはじまる言葉《ことば》とします。

③校舎《こうしゃ》、消防署《しょうぼうしょ》のように、小《ちい》さい文字《もじ》で終《お》わる言葉《ことば》のときは、つぎの人《ひと》は、校舎《こうしゃ》の【や】、消防署《しょうぼうしょ》の【よ】から、はじめることとします。

④失格《しっかく》した子《こ》のつぎの子《こ》は、自分《じぶん》の好《す》きな言葉《ことば》から、しりとりを再開《さいかい》します。

⑤試合中《しあいちゅう》に、一度《いちど》出《で》た言葉《ことば》は使《つか》えません。

こないだお母《かあ》さんがいってたほどではないけど、いくつかルールがあった。くじびきのグループわけや、順番《じゅんばん》も勝敗《しょうはい》を左右《さゆう》するだろうから、優勝《ゆうしょう》のチャンスはみんなにありそうだ。

そんなわけで、学校《がっこう》ではしりとりがはやりはじめた。四年生《ねんせい》から火《ひ》がついて、すぐに各学年《かくがくねん》にひろまった。

登校班《とうこうはん》の中《なか》や、休《やす》み時間《じかん》、帰《かえ》り道《みち》。あっちでもこっちでもしりとりをしている。いつもグループでかたまっていた女子《じょし》たちも、おなじ子《こ》とばかりやっていてもつまらないらしく、いろんな子《こ》と対戦《たいせん》している。ふだん、なにを話《はな》していいかわからない子《こ》にも、「しりとりやろう」って気軽《きがる》に声《こえ》をかけられるし、無理《むり》に話《はなし》をあわせる必要《ひつよう》もないから、なごやかな感《かん》じだ。

逆《ぎゃく》に男子《だんし》は、

「バーカ」↓「カバ」↓「バカヤロウ」↓「うすのろ」↓「ろくでなし」

みたいなことになって、最後《さいご》はふざけてとっ組《く》みあいをはじめたりしている。

健太《けんた》もみんなの人気者《にんきもの》だ。

健太《けんた》になら勝《か》てると思《おも》っているのか、よくさそわれている。

だけど、辞書読《じしょよ》みをしている健太《けんた》は、そうあまい相手《あいて》ではなくなっている。なにより得意分野《とくいぶんや》があるのだ。そのことにみんなはまだ気《き》づいていない。

郵便はがき

料金受取人払郵便

牛込局承認

6438

差出有効期限
2027年4月20日

1 6 2 8 7 9 0

東京都新宿区市谷台町4-15

株式会社小峰書店 愛読者係

愛読者アンケート

小峰書店の本をお買い求めいただきありがとうございます。
本づくりの参考にいたしますので、アンケートへのご協力をお願いいたします。
お答えいただいた方にはポストカードをプレゼントいたします。

ウェブからも
アンケートにお答えいただけます ▶

ご住所	〒□□□-□□□□ 都・道 府・県	
	フリガナ	
お名前	フリガナ	お電話
		メール アドレス

● 上記に記載いただいたご住所やメールアドレスに、小峰書店からのご案内やアンケートをお送りしてもよろしいでしょうか？ はい ・ いいえ

● 上記に記載いただいたご住所に、今年度の小峰書店カタログをお送りしてもよろしいでしょうか？ はい ・ いいえ

アンケートはウラ面へ

●本のタイトル

●この本をお読みになる方の年齢、性別

年齢：　性別：　｜　年齢：　性別：　｜　年齢：　性別：

●この本をご購入いただいた方の年齢、性別、お読みになる方との関係（上記と異なる場合）

年齢：　性別：　関係（親子、祖母と孫、など）：

●この本をどちらでご購入されましたか？

・書店名【　】　・ネット書店名【　】

・その他【　】

●この本をどこでお知りになりましたか？（複数選択可）

①書店店頭　②図書館や学校の図書室　③お話会や展示会などのイベント　④プレゼント

⑤知人のクチコミ・SNS　⑥小峰書店HP・SNS　⑦その他SNS【　】

⑧広告【広告名　】　⑨新聞・雑誌記事【媒体名　】

⑩ネット記事・動画【媒体名　】　⑪テレビ【番組名　】

⑫カタログ　⑬その他【　】

●この本をご購入された理由を教えてください（複数選択可）

①タイトル・表紙が気に入ったから　②内容が気に入ったから　③好きな作家・画家だから

④好きなシリーズだから　⑤店頭でPOPなどを見て　⑥広告を見て　⑦テレビや記事を見て

⑧SNSなどクチコミを見て　⑨店頭でお子さまがほしがったから

⑩お話会や展示会などのイベントで気に入ったから　⑪プレゼントに

⑫その他【　】

●この本についてのご感想を、ぜひお聞かせください

●ご感想を広告やホームページ、SNSなど、書籍のPRに使わせていただいてもよろしいですか？

実名で可　・　匿名で可　・　不可

ご協力ありがとうございました！

きみのためなら、輝ける！

ダンス★フレンド

カミラ・チェスター 作
櫛田理絵 訳　早川世詩男 絵

場面かんもく症のため、
家族としか話せない11歳のレオ。
隣りに引越してきたリカと、
ダンスを通して真の友情を
築くまでの物語。

◉ISBN978-4-338-30813-7　◉四六判　◉206ページ　◉定価1,870円（税込）

ジュディとなかまたちの、ゆかいな物語！

ジュディ・モードとなかまたち

メーガン・マクドナルド 作　ピーター・レイノルズ 絵　宮坂宏美 訳

①ジュディ・モードはごきげんななめ
②ジュディ・モード、有名になる！
③ジュディ・モード、地球をすくう！
④ジュディ・モード、未来をうらなう！
⑤ジュディ・モード、医者になる！
⑥ジュディ・モードの独立宣言
⑦ジュディ・モード、世界をまわる！
⑧ジュディ・モード、大学にいく！
⑨ジュディ・モード、探偵になる！
⑩ジュディ・モードのビッグな夏休み
⑪ジュディ・モード、ラッキーになる！
⑫ジュディ・モードは宇宙人？
⑬ジュディ・モードのやりたいことリスト
⑭ジュディ・モード、女王さまになる!?

◉19×13cm　◉134～209ページ
◉①～④　定価1,430円（税込）／⑤～⑫　定価1,540円（税込）／⑬、⑭　定価1,650円（税込）

2025年大河ドラマの主人公！

江戸を照らせ
蔦屋重三郎の挑戦

小前　亮 作

編集者の枠にとどまらず、
本屋・出版社の仕事を
通じて江戸を明るく
照らし続けた
蔦屋重三郎の謎に包まれた
生涯に迫る歴史物語。

◉ISBN978-4-338-08178-8
◉四六判　◉253ページ　◉定価1,870円（税込）

廣嶋玲子が贈る、不気味な植物と動物の物語

妖花魔草物語

◉ISBN978-4-338-28727-2

妖鳥魔獣物語

◉ISBN978-4-338-28729-6

廣嶋玲子 作　まくらくらま 絵

伝説の植物マンドラゴラ、食虫植物のウツボカズラ、
神秘的な月下美人などの植物。鮮やかな紅色の鶯、人の秘密や
出来事をささやく鳥を始め、猫や犬、蛇や亀などの動物。
世界各地の植物や動物にまつわる不気味で不思議な物語を収録。

◉四六判　◉各197ページ　◉各巻定価1,980円（税込）

「健太《けんた》に負《ま》けたらおしまいだー」

なんてふざけてさわいでいるけど、笑《わら》っていられるのも、いまのうちかもしれないぞ。

そんな中《なか》、ぼくはひまをもてあましていた。ちっともさそわれないのだ。挑戦《ちょうせん》者《しゃ》があらわれないと、ぼくの実力《じつりょく》もたしかめられない。辞書《じしょ》読《よ》みは、ぐんぐん進《すす》んでいるというのに。


「速水《はやみ》くん、しりとりしよう」

ひさしぶりに声《こえ》をかけてきた勇気《ゆうき》ある挑戦者《ちょうせんしゃ》は、小春《こはる》だった。

小春《こはる》とは、健太《けんた》のことで注意《ちゅうい》されてからは、ほとんどしゃべっていなかった。

「わたしからいくよ」

「いいよ」

「じゃあ、たいかい」

「いきうめ」

自分《じぶん》でいっておきながら、なんてぶっそうな、と思《おも》った。

「めざす」

「スクリュー」

こった言葉《ことば》を使《つか》ってみた。

「ゆうしょう」

「うめぼし」

「しりとり」

「りくつ」

「あ、ごめん。もう終《お》わるね」

小春《こはる》はとつぜん打《う》ち切《き》って、ぼくからはなれていった。

休《やす》み時間《じかん》はまだ終《お》わってないから、小春《こはる》があわててやめた理由《りゆう》がわからない。
まさか、【つ】のつく言葉《ことば》が、出《で》てこなかったわけでもないだろうし、
なんて中《ちゅう》途《と》半《はん》端《ぱ》なんだろう。

となりでは、健太《けんた》と翼《つばさ》がしりとりをしていた。

「るり」

健太《けんた》に【る】が、まわってきたようだ。

「リアル」

翼《つばさ》がニヤリとする。

そんな言葉《ことば》が出《で》てくるなんて、翼《つばさ》も辞書《じしょ》読《よ》みをしてたりして。

「ルリシジミ」

健太《けんた》がいった。

「はあ？　なんだそれ」

ぼくもそうだけど、ほとんどの子《こ》がはじめてきく言葉《ことば》なんじゃないか。

「チョウだよ」

「チョウ?」

翼《つばさ》は口《くち》をとがらせて、わざとおどけてみせた。

まわりの子《こ》たちが大笑《おおわら》いしている。

「チョウチョのことか?」

調子《ちょうし》にのったふりをした翼《つばさ》は、両手《りょうて》をひろげ、手《て》をパタパタさせた。

「日本《にほん》にもたくさんいる、はねのうらに黒《くろ》い点々《てんてん》のついた青《あお》っぽいチョウだよ」

健太《けんた》が自信《じしん》たっぷりに説明《せつめい》する。

「生《い》き物《もの》の名前《なまえ》なら、健太《けんた》はだれにも負《ま》けないぞ」

続《つづ》けてぼくがいうと、翼《つばさ》のはねはピタッととまった。

「フンッ」

翼《つばさ》はそれきり、どこかにいってしまった。

ぼくは健太《けんた》とみつめあって、二人《ふたり》で親指《おやゆび》をつき出《だ》した。

WIL
BOY

「ルーペ」

「ルーマニア」

「ルーズベルト」

教室《きょうしつ》じゅうにとびかう【る】のつく言葉《ことば》。

「みんなすごいな。【る】対策《たいさく》、ちゃんとしてるんだな」

このぶんじゃ、優勝《ゆうしょう》どころか、クラス代表《だいひょう》になるのもむずかしいかもしれない。

このあいだの「ルリクワガタ」といい、さっきの「ルリシジミ」といい、健太《けんた》の頭《あたま》の中《なか》には、まだまだかくし玉《だま》がありそうだ。

クラスのだれよりも生《い》き物《もの》にくわしい健太《けんた》は、もしかして一番《いちばん》ゆだんならない相手《あいて》かもしれない。

好敵手《こうてきしゅ》？　健太《けんた》が。いや、まさか、健太《けんた》のことをライバルだなんて思《おも》ったことは一度《いちど》もない……。

そう思《おも》ったしゅんかん、小春《こはる》の言葉《ことば》を思《おも》い出《だ》した。

健太《けんた》くんのこと、下《した》にみてない？

ぼくのライバルは勇人《ゆうと》や塾《じゅく》の子《こ》たちだと思《おも》っていた。

一番身《いちばんみ》ぢかにいながら、健太《けんた》のことをそんなふうに思《おも》っていないことが、もしかしたら、小春《こはる》のいうように、下《した》にみているってことになるのか。

健太《けんた》がこまってたら、答《こた》えをおしえてあげる、助《たす》けてあげる。それがふつうに友《とも》だちだと思《おも》っていた。ぼくも健太《けんた》に助《たす》けられたから。

ごめん、健太《けんた》。

答《こた》えをおしえてあげることが、健太《けんた》を助《たす》けることになるとはかぎらないのかもしれない。

ぼくのやり方《かた》、ちょっとまちがってたかも。

それにしても、小春《こはる》のやつ、するどいなあ。

健《けん》太《た》のちょっと解《かい》説《せつ》❸

ルリシジミ

日本《にほん》には約《やく》70〜80種《しゅ》いるシジミチョウのなかま。
大《おお》きさは23〜33ミリ（はねを広《ひろ》げたときの左右《さゆう》のはば）。
はねの表面《ひょうめん》は明《あか》るい青色《あおいろ》。
北海道《ほっかいどう》、本州《ほんしゅう》、四国《しこく》、九州《きゅうしゅう》などの山野《さんや》や市街地《しがいち》でふつうにみられる。

はねのうらがわには、
黒《くろ》いはん点《てん》があるよ

5 攻撃《こうげき》と防御《ぼうぎょ》

そのことに気《き》づいたとき、

あったかいお湯《ゆ》につかっているのに、ぼくの全身《ぜんしん》には鳥肌《とりはだ》がたった。

サッカー日本代表《にほんだいひょう》の試合《しあい》の、前半戦《ぜんはんせん》が終《お》わったところでお風呂《ふろ》に入《はい》った。湯船《ゆぶね》に体《からだ》をしずめながら、ぼくは学校《がっこう》での小春《こはる》とのしりとりを思《おも》いかえしていた。

「たいかい」→「いきうめ」→「めざす」→「スクリュー」→「ゆうしょう」→「うめぼし」→「しりとり」→「りくつ」

二人《ふたり》のしりとりは、そこで終《お》わった。

最後《さいご》は、小春《こはる》からの強制終了《きょうせいしゅうりょう》。

小春《こはる》の言葉《ことば》だけひろってみると、たいかい、めざす、ゆうしょう、しりとり。
しりとり　たいかい　ゆうしょう　めざす
「しりとり大会《たいかい》、優勝《ゆうしょう》めざす」
ぼくは声《こえ》をあげて、ザブンと立《た》ちあがった。
なにげないやりとりにみせかけて、
小春《こはる》はぼくに、挑戦状《ちょうせんじょう》をたたきつけてきたのだ。

まるでぼくの言葉《ことば》を予想《よそう》していたような、
いや、もし、ぼくがちがう言葉《ことば》でかえしていても、
小春《こはる》はうまくつなげて、

「しりとり大会《たいかい》、優勝《ゆうしょう》めざす」にもっていっただろう。

「こ、こはる、こわっ」

もう一度《いちど》、お湯《ゆ》の中《なか》にズボンともぐり、

「もっと対策《たいさく》をねらねばならない……」

ブクブクしゃべった。


お風呂《ふろ》からあがると、サッカーの後半戦《こうはんせん》がはじまっていた。

ぼくも体育《たいいく》の授業《じゅぎょう》や放課後《ほうかご》に友《とも》だちとサッカーはするけど、フォワードがいくらがんばっても、ディフェンスが弱《よわ》いと点《てん》を入《い》れられてしまう。

逆《ぎゃく》に守《まも》りがいくらかたくても、フォワードが攻《せ》めなければ、点《てん》はとれない。
両方《りょうほう》がうまくはたらかないと、試合《しあい》には勝《か》てない。
これって、しりとりにもいえることかもしれない。
【る】で守《まも》る。
つまり、【る】のつく言葉《ことば》のひき出《だ》しをたくさん作《つく》ること。
それにくわえて、【る】で攻《せ》める、というのもあるんじゃないか。
最後《さいご》に【る】のつく言葉《ことば》で、相手《あいて》を攻《せ》める。
【る】の攻撃《こうげき》だ。
【る】は防御《ぼうぎょ》にもなるし、攻撃《こうげき》にもなる。
攻撃《こうげき》と防御《ぼうぎょ》。
サッカーといっしょだ。
いそいで自分《じぶん》の部屋《へや》にいって、辞書《じしょ》をパラパラめくってみる。

【る】で終《お》わる言葉《ことば》はけっこうありそうだ。

アイドル、エンジェル、カーニバル、カプセル、ゴーグル、コンクール、スケール、段《だん》ボール、トンネル、ヌードル……。

翼《つばさ》のいってた「リアル」もそうだ。

ざっとメモをして、居間《いま》にもどった。

「お父《とう》さん、しりとりやらない？」

「おお、いいよ、やろう」

お父《とう》さんは、サッカーに夢中《むちゅう》になっていても、お姉《ねえ》ちゃんとはちがう。しりとり大会《たいかい》のことは、お母《かあ》さんにきいて知《し》っているから、協力《きょうりょく》してくれるのだ。

「ぼくからいくよ。アイドル」

「いきなり、【る】からくるか。じゃあ、ルビー」

「ビール」

「ルイベ」

「なにそれ？」

「しゃけの料理《りょうり》だよ。居酒屋《いざかや》でたのむとおいしいんだ」

お父《とう》さんは、ぼくが知《し》らない、【る】を知《し》っていた。ラッキー、「ルイベ」ゲット。

「【べ】か、うーん、ベッド」

「ドイツ」

というふうに、しばらくしりとりは続《つづ》いた。

「カエル」

【か】のつく言葉《ことば》はいくらでもあるけど、攻撃《こうげき》しなければ勝《か》てない。

「また、【る】か。おっと、いいぞ、いけー！」

お父《とう》さんの目《め》はテレビにすいよせられて、日本代表《にほんだいひょう》に声援《せいえん》をおくる。

「やったー。うまいなあ、さすがだなあ、フォワード」

「がんばれ！」

ぼくもお父《とう》さんといっしょに応援《おうえん》する。しりとりは試合《しあい》が終《お》わるまで、いったんおあずけだ。

「えっと、ごめん。なんだっけ？」

「カエルからだよ」

「おお、そうか、【る】で攻《せ》めてきたな」

「そう、【る】攻《ぜ》め」

「【る】攻《ぜ》めとは大《おお》げさだな。城攻《しろぜ》めみたいだ」

「なに、城攻《しろぜ》めって」

「戦《いくさ》があった時代《じだい》に、武将《ぶしょう》が自分《じぶん》の領地《りょうち》をひろげるために、敵《てき》の城《しろ》を攻《せ》めたことだよ。豊臣秀吉《とよとみひでよし》は城攻《しろぜ》めが得意《とくい》だったけど、城《しろ》を守《まも》るのも上手《じょうず》だったんだ。秀《ひで》

吉《よし》がつくった大坂城《おおさかじょう》は、攻《せ》めるのが一番《いちばん》むずかしい城《しろ》といわれていたんだ。サッカーでいうと秀吉《ひでよし》は、フォワードもディフェンスもできたってことかな」

まさか歴史《れきし》の話《はなし》になるとは思《おも》わなかったけど、ぼくはお父《とう》さんに気《き》になっていることをきいてみた。

「攻撃《こうげき》と防御《ぼうぎょ》。お父《とう》さん、どっちが大事《だいじ》だと思《おも》う？」

「うーん、そうだな。攻撃《こうげき》は最大《さいだい》の防御《ぼうぎょ》というからなあ。どっちも大事《だいじ》だけど、攻撃《こうげき》することで防御《ぼうぎょ》にもなるし、やっぱり、攻《せ》めないと勝《か》てないかな」

「なら、【る】で攻《せ》める言葉《ことば》をもっとおぼえよう」

「スポーツはほとんどが、攻撃《こうげき》と防御《ぼうぎょ》のせめぎあいだよな。ボクシングなんか、こうして……」

お父《とう》さんは手《て》をグーにして、両手《りょうて》を顔《かお》の前《まえ》であわせ、ボクシングのポーズをとった。

「相手《あいて》の動《うご》きをよくみて」

お父《とう》さんはぼくの前《まえ》で、ディフェンスのかまえをしながら、体《からだ》をゆらす。

「ジャブ、ジャブ、ストレート」
　シュッと空《くう》をきって、
ぼくの顔《かお》の前《まえ》に、うでをのばした。
「ストレートはまっすぐで、
うでをまわして打《う》つのがフック。
下《した》から相手《あいて》のアゴを目《め》がけて、
つきあげるのがアッパーカット」
「おお、すごい。お父《とう》さん、カッコイイ！」
「恭平《きょうへい》、うでをのばしてごらん」
　お父《とう》さんは、
ぼくの指《ゆび》をまるめてこぶしを作《つく》り、
自分《じぶん》のほおにあてた。

「こうやって、相手《あいて》が打《う》ってくるのと同時《どうじ》に、うでをクロスしてパンチを打《う》つことを、クロスカウンターっていうんだ。むかし、お父《とう》さんも夢中《むちゅう》になったかっこいいボクシングのマンガがあったんだよ」

小《ちい》さいころからあそんでいるしりとりが、ボクシングに似《に》ているなんて、新発《しんはっ》見《けん》だ。

6　駄《だ》菓《が》子《し》屋《や》しりとり

辞書《じしょ》を徹底的《てっていてき》にみなおして、【る】のほかにも、【ら】【り】【れ】【ろ】とか、言葉《ことば》のすくない【ぬ】とか、【ず】の対策《たいさく》もした。

国語辞典《こくごじてん》は、【あ】の行《ぎょう》から【わ】の行《ぎょう》まで、見出《みだ》しに色《いろ》がついている。その幅《はば》をくらべると、【な】【ま】【や】【ら】【わ】行《ぎょう》が、【あ】【か】【さ】【た】行《ぎょう》よりもせまい。【は】行《ぎょう》がいがいに太《ふと》いのも発見《はっけん》だ。

塾《じゅく》のない日《ひ》は、ぼくんちか健太《けんた》んちで、いっしょに辞書《じしょ》を読《よ》んだ。

きょうも、ぼくの部屋《へや》で、二人《ふたり》でごろんと寝《ね》そべりながら、辞書読《じしょよ》みをしていると、健太《けんた》は、

「荷物《にもつ》ってふつうは物《もの》のことだけど、おをつけて、お荷物《にもつ》ってなると、足手《あしで》まといって意味《いみ》にもなるんだよね」

とか、

「鼻《はな》がきくとか、目《め》がこえるとか、体《からだ》の部分《ぶぶん》がつく言葉《ことば》もけっこうあるんだなー。手《て》なんかすごくいっぱいあるんだよ。手《て》におえないくらいね」などと、辞書《じしょ》をめくりながら、いろいろとつぶやく。

ぼくはただ、言葉《ことば》をたくさんおぼえればいいと思《おも》っていたけど、ひとつの言葉《ことば》にいくつかの意味《いみ》があったり、別《べつ》の言葉《ことば》とくっつくと、ぜんぜんちがう意味《いみ》になるという楽《たの》しさを健太《けんた》におしえてもらっている気《き》がする。

「ねえ、健太《けんた》、お腹空《なかす》かない？」

「うん、ちょっとね」

「タカショーいって、なんか買《か》おうか？」

「ああ、いいね。いこう、いこう」

そうときまればはやい。辞書《じしょ》をおいて、すぐに家《いえ》をとび出《だ》した。

ぼくんちから学校《がっこう》まではダッシュして五分《ふん》くらい。

高橋商店《たかはししょうてん》、通称《つうしょう》、タカショーはぼくんちと学校《がっこう》のちょうど中間《ちゅうかん》くらいのところにある、ぼくたちの大好《だいす》きな駄菓子屋《だがしや》だ。タカショーのななめ前《まえ》には神社《じんじゃ》があって、放課後《ほうかご》の子《こ》どもたちが境内《けいだい》でサッカーをしたり、タカショーで買《か》ったお菓子《かし》を食《た》べたりする。

「恭平《きょうへい》、タカショーで、買《か》い物《もの》しりとりやらない?」

健太《けんた》が楽《たの》しそうにいってきた。

「おっ、おもしろそう。しりとりしながら、自分《じぶん》がいったお菓子《かし》を買《か》うってことにする?」

「うん。タカショーのお菓子《かし》ならなんでも好《す》きだから、どんなお菓子《かし》があたってもいいけどね」

そうかな? ちょっとにがてなものもあるけどな、と思《おも》いながら、ぼくたちはタカショーのおばちゃんに、「こんにちは」とあいさつした。

駄菓子《だがし》を売《う》る横《よこ》で、味噌《みそ》のはかり売《う》りや、乾物《かんぶつ》なんかも売《う》っているタカショーには、子《こ》どもたち以外《いがい》にも、近所《きんじょ》の人《ひと》がだれかしらきていて、いつもにぎやかだ。

「いらっしゃい」

笑顔《えがお》でむかえてくれたおばちゃんは、味噌《みそ》をはかりながら、きょうもお客《きゃく》さんと、おしゃべりしていた。

じゃんけんをして、勝《か》った健太《けんた》から選《えら》べることになった。

お菓子《かし》を入《い》れる小《ちい》さなかごをもって、しりとりスタート。

「うまい棒《ぼう》」

まっ先《さき》にとられた。

「う、う、梅《うめ》ジャム」

「わっ」

「なんだよ、わっ、って」

「すっぱそう」

健太《けんた》が口《くち》をすぼめる。

とっさに目《め》の前《まえ》にあった梅《うめ》ジャムといってしまったけど、手《て》にとるとぼくの口《くち》の中《なか》にもつばがひろがった。

「む、麦《むぎ》チョコ」

「ココアシガレット」

「と、と……」

健太《けんた》はお菓子《かし》がならぶ棚《たな》の一点《てん》をみつめながら、

「ど、でもいい？」

ときいてきた。

健太《けんた》がじっとみていたお菓子《かし》がわかったので、ぼくは、「いいよ」と答《こた》えた。

「やったー。どんどん焼《やき》！」

健太《けんた》はタカショーにくると、かならずこれを買《か》う。

「きなこ棒《ぼう》」

「うー、梅《うめ》ちゃん。あっ、【ん】がついちゃった。失敗《しっぱい》」

健太《けんた》はすぐさま、梅《うめ》ちゃんにのばしていた手《て》をひっこめた。

ペペローノ
ペペローノ
カリボー
イカガ?!

「【う】で終《お》わるのはやめようよ。梅関係《うめかんけい》しかないから」

「そうだよなー」

棚《たな》にはびっしり小《ちい》さなお菓子《かし》がつまっているのに、【う】のつくお菓子《かし》は、梅《うめ》ぼしをつかったすっぱそうなものしかみあたらない。

「【ん】がついたお菓子《かし》は買《か》わないとだめだよ。負《ま》けになんないしな」

「えー、梅《うめ》ちゃんを買《か》うの？　しょうがないなあ」

健太《けんた》のすっぱそうな顔《かお》がおかしくて、しばらく笑《わら》いがとまらなかった。

「こんどは恭平《きょうへい》からでいいよ」

「やった！　ブラックサンダー　チョコ」

ぼくの一番好《いちばんす》きなお菓子《かし》だ。

「コーラガム」

「ム、ム、えっと」

「恭平《きょうへい》、【よ】で終《お》わるのにして」

「【む】ではじまって、【よ】で終《お》わるお菓子《かし》か。えっと、えっと、ってそんなのないよー」

タカショーのおばちゃんが、ぼくたちをみてけらけら笑《わら》っている。

「そろそろいいか」

四つ、五つとお菓子《かし》が買《か》えたから、このへんでおしまいにする。

ぼくと健太《けんた》は、どっちがおいしいお菓子《かし》を買《か》えただろうかと、二《ふた》つのかごをみくらべた。ぼくのかごには梅《うめ》ジャムが、健太《けんた》のかごには梅《うめ》ちゃんが入《はい》っている。のこりはぜんぶ好《す》きなお菓子《かし》だから、結果《けっか》はひきわけ。

タカショーを出《で》て、神社《じんじゃ》にむかった。

「ああ、おもしろかった」

「うん、楽《たの》しかったな。きょうは買《か》えなかったものも、いっぱいあるから、またやろうな。ああ、そうだ。さっき、【よ】で終《お》わるお菓子《かし》にしてっていってたけど、なんだった？」

「よっちゃんだよ」

ああ、よっちゃん。いかのお菓子《かし》だ。

「【ん】がついちゃうけどな」

「ついちゃっても、買《か》えるルールだったからね」

「ぼくも、ブタメン食《た》べたかったな」

「【ン】がついちゃうけどね」

「ついちゃっても買《か》えるルールだったからな」

タカショーでは、レジの横《よこ》にポットがあって、カップメンを買《か》うと、おばちゃんがお湯《ゆ》を入《い》れてくれるのだ。神社《じんじゃ》の境内《けいだい》でサッカーをしたあと、みんなでタカショーでブタメンを買《か》って、熱《あつ》いお湯《ゆ》が入《はい》ったカップを、そろそろともち歩《ある》き、境内《けいだい》にもどって食《た》べるのが、ぼくらの中《なか》ではやっている。

「ああ、さむっ。やっぱブタメンだったな」

境内《けいだい》のベンチにすわり、ココアシガレットを指《ゆび》にはさんで、ぼくはいった。

「そういえば先週《せんしゅう》、酉《とり》の市《いち》だったよな。どうだった？」

「楽《たの》しかったよ。翼《つばさ》たちにも会《あ》った。恭平《きょうへい》は塾《じゅく》だったんだよね」

神社《じんじゃ》の夏《なつ》まつりには健太《けんた》やクラスの仲間《なかま》ときたけど、酉《とり》の市《いち》は塾《じゅく》の日《ひ》と重《かさ》なってしまった。にぎやかな夏《なつ》まつりとちがって、十一月《がつ》の酉《とり》の市《いち》はぐっとしぶい感《かん》じだ。参道《さんどう》の両《りょう》はしにちょうちんや、あんどんがずらっとならぶ。

ぼくたちの学校《がっこう》でも、和紙《わし》に絵《え》をかいた絵《え》あんどんをみんなで作《つく》る。四角《しかく》い木《き》のわくにはりつけた和紙《わし》の中《なか》には、電球《でんきゅう》が入《はい》っている。

そのぼんやりと灯《とも》るあんどんの奥《おく》に、ぽつぽつと夜店《よみせ》が出《で》る。

「ことしも輪《わ》なげの店《みせ》が出《で》てたよ」

「ふーん」

それがどうしたのかなと思《おも》ったけど、健太《けんた》はうまい棒《ぼう》をかじりながら、ぼそぼそとしゃべった。

「幼稚園《ようちえん》のとき、酉《とり》の市《いち》でヨーヨー釣《つ》りをしたんだけど、それを輪《わ》なげの店《みせ》でわっちゃったんだ」

「健太《けんた》が？」

「うん、そう。水《みず》びたしになって、お店《みせ》のおじさんに怒《おこ》られた」

幼稚園《ようちえん》のときのことなんて、思《おも》い出《だ》せないことのほうが多《おお》いけど、失敗《しっぱい》はけっこうおぼえているものだ。

「そのあと、ぼくの前《まえ》にヨーヨーをさし出《だ》してくれた子《こ》がいたんだ」

「へー、いいやつだな」

「あれ恭平《きょうへい》だった」

「えっ、うそー⁉」

とびあがるぼくに、健太《けんた》はくすっと笑《わら》った。

「おなじクラスじゃなかったから、恭平《きょうへい》は気《き》づかなかっただろうけど、ぼくはひまわり組《ぐみ》にいる恭平《きょうへい》を知《し》ってたんだ」

ぼくと健太《けんた》は、そんなにむかしからつながってたのか。

にやにやしてしまうぼくに、健太《けんた》はしんみりと続《つづ》けた。

「恭平《きょうへい》に辞書《じしょ》読《よ》みをおしえてもらったおかげで、いろんな言葉《ことば》と出会《であ》えた感《かん》じ。なんだか世界《せかい》がひろがった気《き》がする」

健太《けんた》は大人《おとな》びた口調《くちょう》でそういったあと、「さぶっ」と体《からだ》をふるわせた。

神社《じんじゃ》のカヤの木《き》もざわざわゆれる十二月《がつ》。

しりとり大会《たいかい》まで、あと一週間《しゅうかん》。

7　しりとりスタート

しりとり大会当日《たいかいとうじつ》。

お母《かあ》さんたちにまじって、お父《とう》さんの姿《すがた》もちらほらあったけど、ぼくのお父《とう》さんは仕事《しごと》でこられなかった。残念《ざんねん》だ。

「恭平《きょうへい》、がんばってね」

体育館《たいいくかん》でお母《かあ》さんに声《こえ》をかけられた。お母さんとも何度《なんど》かしりとりをしたけど、【る】のつく言葉《ことば》がまわってくると、きまって、

「ルールールルルー、ルールールールルルー」

と歌《うた》い出《だ》す。

なんでもむかしにはやった歌《うた》で、歌詞《かし》のほとんどが「ルルルー」という言葉《ことば》のくりかえしなんだそうだ。けど、歌《うた》は反則《はんそく》だ。

校長先生《こうちょうせんせい》やPTA《ピーティーエー》会長《かいちょう》のあいさつが終《お》わって、いよいよしりとり大会《たいかい》ははじまった。

役員《やくいん》のお母《かあ》さんたちは、お知《し》らせどおり、わりばしでくじを作《つく》ったようだ。くじの先《さき》には、赤《あか》、青《あお》、黄《き》、緑《みどり》、白《しろ》とマジックで色《いろ》わけしてあり、順番《じゅんばん》も書《か》いてあった。各《かく》クラス五つのグループが簡単《かんたん》にできあがる仕組《しく》みだ。

健太《けんた》も小春《こはる》も翼《つばさ》も、ぼくとおなじグループではなかった。けれど、二回戦《かいせん》であたるかもしれないし、もっと上《うえ》で戦《たたか》うことになるかもしれない。

ぼくのクラスで一番《いちばん》の強豪《きょうごう》はやっぱり小春《こはる》だ。

もしかして学年《がくねん》でも相手《あいて》の言葉《ことば》をあやつることができるのは、小春《こはる》しかいないのではないか。

ぼくのくじには、③と書《か》かれていた。六人《にん》のグループで、三番目《ばんめ》。一番《いちばん》をひきたかったけど、まあまあ、いいところだ。各《かく》グループがそれぞれ車座《くるまざ》になったまわりを、ストップウォッチをもった役員《やくいん》さんやぼくたちのお母《かあ》さんがとりかこんでいて、なんだかちょっとやりにくい感《かん》じだ。

勇人《ゆうと》のお母《かあ》さんが、マイクをもった。進行役《しんこうやく》らしい。

「では、公平《こうへい》にするために、最初《さいしょ》の言葉《ことば》は統一《とういつ》します」

しりとり大会優勝経験者《たいかいゆうしょうけいけんしゃ》の言葉《ことば》は、重々《おもおも》しい。

「まずは、【あ】からはじめます」

体育館《たいいくかん》は急《きゅう》にざわざわした。

「いいなあー、かんたんで」

なんていう声《こえ》もきこえてきた。

一番目《いちばんめ》のラッキーな子《こ》はさわちゃんだ。

勝負《しょうぶ》の世界《せかい》では、くじ運《うん》も実力《じつりょく》のうちなんだろうけど。

「アイスクリーム」

「むぎわらぼうし」

「したきりすずめ」

ぼくはちょっと、こってみた。

「めがね」

四番目《ばんめ》のたっくんは、シンプルに答《こた》えた。

「ねこ」

「こま」

「まつ」

たっくんをきっかけに、二文字《もじ》のそっけないしりとりに変《か》わってつまんなくなったけど、そのぶんスピードはあがった。

しばらく、二文字《もじ》、三文字《もじ》の単純《たんじゅん》な言葉《ことば》が続《つづ》き、りんごからはじまる、例《れい》の定《てい》番《ばん》に突入《とつにゅう》した。

「ゴリラ」「ラッパ」「パイナップル」「ルビー」「ビール」

「【る】かよ。えっと、えっと……」

たっくんは、顔《かお》をしかめて考《かんが》えている。

言葉《ことば》が出《で》てこない。

時間《じかん》をはかっている役員《やくいん》さんの声《こえ》がひびく。

「5、4、3、2、1。アウト!」

たっくん撃沈《げきちん》。

五人《にん》での戦《たたか》いになる。

「くじ」

ぼくの正面《しょうめん》の子《こ》は、【じ】のつく言葉《ことば》が出《で》てこない。

「じ、じ……」

「……8、7、6……」

タイムキーパーのお母《かあ》さんの声《こえ》がかぶさる。

「あっ、あっ、あっ、えっと、えっと」

カウントダウンにあせって、あたふたするだけ。

「アウト！」

体育館《たいいくかん》のあっちこっちで、「アウト！」の声《こえ》があがっている。

ジュースとかあったのに。じんましんとか。あっ、うそ、うそ。じんましんはダメだ。いけない。ぼくもあわてててミスらないように気《き》をつけなくちゃ。

それからまたひとりへって、二人《ふたり》へって、最後《さいご》にぼくとさわちゃんがのこった。

ふーっ。

第一関門突破《だいいかんもんとっぱ》。各《かく》クラスでのこった十人《にん》が、二回戦《かいせん》に進《すす》める。

「やっぱり、恭平《きょうへい》くんがのこったわね」

「いや、あぶなかったわよ」

「ぜんぜん余裕《よゆう》よ。恭平《きょうへい》くんなら、決勝《けっしょう》までいけるわよ」

うしろで、お母《かあ》さんどうしが話《はなし》をしている。

五つのグループから勝《か》ちのこった
二人《ふたり》が立《た》ちあがった。
健太《けんた》ものこっている。
予想外《よそうがい》の顔《かお》ぶれに、
「おおっ」と体育館《たいいくかん》がどよめいた。

あれ、翼《つばさ》はどうした？
翼《つばさ》の姿《すがた》をさがすと、
ほかの勝《か》ちのこれなかった子《こ》たちにまじって
ヒザをかかえてまるまっている。
うっかりミスっちゃったんだろうな。
（健太《けんた》、やったな）
（うん。恭平《きょうへい》もね）

ぼくと健太《けんた》ははなれた場所《ばしょ》から、うなずきあった。

二回戦《かいせん》では各《かく》クラス二グループにわかれて、それぞれからのこった二人《ふたり》が、準《じゅん》決勝《けっしょう》に進《すす》める。

ここでも健太《けんた》とも小春《こはる》ともいっしょにならなかった。

どうにかねばって、準決勝《じゅんけっしょう》に進《すす》むことができた。

「続《つづ》いて準決勝《じゅんけっしょう》をおこないます。ここからは、クラスは関係《かんけい》なく、勝《か》ち進《すす》んできた十二人《にん》が二《ふた》つにわかれて戦《たたか》います。では、くじをひいてもらいましょう」

「恭平《きょうへい》、がんばれー」

「小春《こはる》、優勝《ゆうしょう》ねらって！」

「健太《けんた》もおちついて！」

くじをひくのに、こんなにどきどきしたのは生《う》まれてはじめてだ。ひろい体育《たいいく》館《かん》の中《なか》で、先《さき》っぽに色《いろ》のついた細《ほそ》いわりばしを、ぜんいんがみつめている。

ひとりがひくたびに、会場《かいじょう》がざわめく。

健太《けんた》もくじをひいた。ぼくとはちがうグループだった。

ぼくはほっとした。

やっぱり健太《けんた》とあたるなら、一番最後《いちばんさいご》がいい。

そう思《おも》っていたら、小春《こはる》と勇人《ゆうと》とおなじグループになってしまった。

「対戦相手《たいせんあいて》に不足《ふそく》はないな」

さっそく勇人《ゆうと》からの軽《かる》いジャブが入《はい》る。

相変《あいか》わらずえらそうだなと思《おも》ったけど、不足《ふそく》はないってことは、ほめ言葉《ことば》ともとれるので、それほど悪《わる》い気《き》はしなかった。

「こっちこそ、不足《ふそく》はないぞ」

いいかえしつつも、小春《こはる》までいるのだから、キビしい戦《たたか》いになるのはまちがいないと思《おも》った。

ぼくの順番《じゅんばん》は四番目《ばんめ》で、勇人《ゆうと》のつぎだ。一番《いちばん》は小春《こはる》だ。

「では、準決勝《じゅんけっしょう》の最初《さいしょ》は、しりとり大会《たいかい》の【い】からはじめましょう」

勇人《ゆうと》のお母《かあ》さんは、ぼくたちのタイムキーパーもするようだ。

「イコール」

小春《こはる》の第《だい》一声《せい》に、

「さすが決勝戦《けっしょうせん》、やっぱ、いうことがちがうねー」

ささやき声《ごえ》が背中《せなか》からきこえた。

ぼくも思《おも》った。「いす」とかいわないんだ。

もっと、ゆったりはじまるのかと思《おも》ったら、いきなりの先制《せんせい》パンチ。

「ルール」

二番目《ばんめ》の三組《くみ》の女子《じょし》がにやりと笑《わら》う。

もう、「ルール」を出《だ》しちゃうのか。

あとでこまらないかなと、こっちが不安《ふあん》になる。

しかも、ここまではっきりしたのは、

攻撃《こうげき》と防御《ぼうぎょ》の作戦《さくせん》を思《おも》いついていたのは、

ぼくだけじゃなかったってこと。

しりとり上級者《じょうきゅうしゃ》たちは、みんな攻略《こうりゃく》してきている。

つぎは勇人《ゆうと》。

「ルイス・キャロル」

は？　なに、それ？

「アリスか」

となりの子《こ》がつぶやいた。

アリス？　は？　なにアリスって。

ぼくが知《し》ってるアリスは「不思議《ふしぎ》の国《くに》のアリス」だけど、

そのアリス？　ルイス・キャロルって、

「不思議《ふしぎ》の国《くに》のアリス」に出《で》てくる、へんな人《ひと》たち？

それとも、あっ、もしかして、作者《さくしゃ》とか？

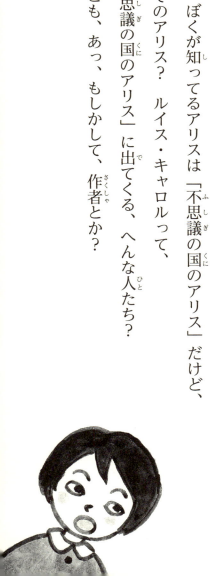

「おい、おまえだぞ」

勇人《ゆうと》にひじでこづかれて、ふっと、われにかえった。いけない。集中《しゅうちゅう》、集中《しゅうちゅう》。

「類義語《るいぎご》」

「ゴリラ」

「ラッパ」

とんとんと進《すす》み、
小春《こはる》からの二じゅん目《め》。

「パラパラ」

パラパラ？　なにそれ。

「なにそれ？」

なんと、つぎの子《こ》が小春《こはる》にきいてしまった。

「ダンスだよ」

へー、ダンスかあ。けど、しりとり中《ちゅう》に意味《いみ》をきいちゃってもいいのか？

「ら……」

三組《くみ》の女子《じょし》は、天《てん》じょうをみあげて、必死《ひっし》に考《かんが》えている。

「ライオン……う、うわっ!!　やっちゃったー、しまったー」

大《おお》あわてしているその子《こ》の頭《あたま》の上《うえ》から、

「アウト」

勇人《ゆうと》のお母《かあ》さんの冷《つめ》たい声《こえ》がふってきた。

ひとりへると、緊張感《きんちょうかん》が一段《いちだん》と高《たか》まった。むきあうみんながピリピリしている。ここまで進《すす》んだ子《こ》は、もうあっさり答《こた》えたりせずに、つぎに続《つづ》く頭《あたま》の言葉《ことば》まで考《かんが》えて、テンカウントぎりぎりになって答《こた》える。

三周目《しゅうめ》で、ぼくのつぎの子《こ》が言葉《ことば》が出《で》なくて終《お》わり、七周目《しゅうめ》で、もうひとりの子《こ》もタイムアウトになった。

ついに、ぼく、小春《こはる》、勇人《ゆうと》の三人《にん》の対決《たいけつ》になった。

三人《にん》の視線《しせん》がバチバチとぶつかりあう。

「負《ま》けないから」

小春《こはる》の目《め》は、きょうもそうとう、つりあがってる。

「優勝《ゆうしょう》はもらったぜ」

勇人《ゆうと》はアゴをつき出《だ》す。

「ストレートパンチをくらわしてやる！」

こぶしをにぎりしめて、勇人《ゆうと》のアゴをねらうかっこうをし、ぼくも勝《か》つことを宣言《せんげん》する。

この中《なか》で勝《か》ちあがることができるのは、たったひとり。

むこうのグループで戦《たたか》っている健太《けんた》はどうなっているだろう。

気《き》になるけど、いまは自分《じぶん》のことに集中《しゅうちゅう》だ。

対戦《たいせん》がはじまった。

小春《こはる》、勇人《ゆうと》、ぼくの順《じゅん》。

「みそしる」

小春《こはる》が【る】で攻《せ》めてきた。

「ルーペ」

勇人《ゆうと》はまだ余裕《よゆう》だ。

「ペンシル」

ぼくも【る】攻《ぜ》めだ。

「ルビー」

小春《こはる》はきょう、これまで何度《なんど》もきいたルビーを出《だ》した。

二周《しゅう》まわって、小春《こはる》を【れ】のつく言葉《ことば》で追《お》いこむと、

うっかり、「レモ……」と声《こえ》に出《だ》し、

「ン」をがまんしてもちこたえ、「レモネード」とつなげた。

「おおっ」

歓声《かんせい》があがった。

ほっと、胸《むね》をなでおろす小春《こはる》。

「恭平《きょうへい》。優勝《ゆうしょう》しろよー」

「小春《こはる》も優勝《ゆうしょう》ねらって」

「いけるぞ、勇人《ゆうと》！」

それぞれにあつい声援《せいえん》がおくられる。

外《そと》は木《こ》がらしがふいているのに、体育館《たいいくかん》は、ミニ運動会《うんどうかい》をやるときと変《か》わらないくらいの熱気《ねっき》につつまれた。

しりとりでこんなにもりあがるなんて、ほんとにスポーツみたいだ。

言葉《ことば》の格闘技《かくとうぎ》。ちょっと大《おお》げさかな。

でも、本気《ほんき》で戦《たたか》っていると、体《からだ》があつくなって汗《あせ》も出《で》てくる。

「ヨーロッパ」

【よ】を手《て》に入《い》れたぼくは、大《おお》きな声《こえ》でいった。

「パ、パ、パソコ……」

小春《こはる》があせっている。

じつは【パ】ではじまる言葉《ことば》も、そう多《おお》くないのだ。

パイナップルはもう出《で》たあとだ。

「3、2、1。アウト」

小春《こはる》の大《おお》きなため息《いき》とともに、

「あー、残念《ざんねん》」

という声《こえ》があちこちからもれた。

小春《こはる》はぐっとこらえていたけど、目《め》がうるんでいた。

小春《こはる》を負《ま》かしたとたん、

この先《さき》、ぼくはもうだれにも負《ま》けないぞと自信《じしん》がわいてきて、

勇人《ゆうと》を「のらいぬ」の【ぬ】で追《お》いつめた。

すでに「ぬいぐるみ」と「布《ぬの》」は出《で》ていた。

「ぬ……あーっと、えーっと、えっと……」

勇人《ゆうと》は苦《くる》しそうにハアハアと息《いき》をして、じたばたと足《あし》をふみならした。

「……3、2、1。アウトー」

感情《かんじょう》をおさえたお母《かあ》さんの声《こえ》に、

勇人《ゆうと》は半《はん》べそをかいて、

そでで顔《かお》をぬぐった。

8　クロスカウンター

「決勝戦《けっしょうせん》に進《すす》んだのは速水恭平《はやみきょうへい》くんと、川原健太《かわはらけんた》くんです」

大《おお》きな拍手《はくしゅ》がひびいた。

体育館《たいいくかん》のまん中《なか》でぼくと健太《けんた》がむきあって、みんなにかこまれている。

「恭平《きょうへい》」

ここまで勝《か》ちあがってきたというのに、健太《けんた》は弱々《よわよわ》しい声《こえ》でぼくを呼《よ》んだ。

「健太《けんた》、勝負《しょうぶ》だ！」

手《て》をグーにしてつき出《だ》すと、とまどいながら健太《けんた》もグーを出《だ》してきた。

ぼくは健太《けんた》の手《て》にガチンとこぶしをぶつけた。

「よっしゃ。いくぞ！」

「うん、わかった！」

健太《けんた》の顔《かお》がピリッとひきしまった。

「恭平《きょうへい》がんばれー」

「健太《けんた》もがんばれー」

「どっちもがんばれー」

勇人《ゆうと》のお母《かあ》さんが出《だ》した最初《さいしょ》の言葉《ことば》は、しりとりの【り】。

「リアル」

ストレートに先制攻撃《せんせいこうげき》だ。

「ルアー」

ほーっと感心《かんしん》したような声《こえ》があがる。なにそれ、ってつぶやいてる子《こ》もいる。

健太《けんた》がハイスキーボイスなんていってたのは、もうとおいむかしだ。

「アメリカ」

「カナダ」

「大地《だいち》」

「地球《ちきゅう》」

おたがい軽《かる》いジャブで打《う》ちあう。

一対《たい》一の対戦《たいせん》。

しりとりボクシングだ。

三周《しゅう》まわった。

そろそろ、ジャブにもあきてきた。

健太《けんた》の目《め》にうつるぼく、
ぼくの目《め》にうつる健太《けんた》。

どっちも真剣《しんけん》だ。

「銀河《ぎんが》」
「ガチョウ」
「宇宙《うちゅう》」
「ウミネコ」
「言葉《ことば》」
「バク」
「くしゃみ」
「ミドリガメ」
「めんどう」

「ウンピョウ」

トントンと続《つづ》き、【が】で攻《せ》めなおす。

「運河《うんが》！」

「ガラパゴスゾウガメ！」

自信《じしん》にみちた健太《けんた》の声《こえ》。

きょうれつなストレートパンチに、くらっときた。

さっきから、健太《けんた》は生《い》き物《もの》の名前《なまえ》しか出《だ》してない。

すごい、すごすぎる！

ぼくも負《ま》けてられない。

「メール」

「ルリチョウ」

まずい。

【る】を出《だ》したら、やられる。

健太《けんた》は、ほかにも【る】のつく生《い》き物《もの》をもっているはずだ。

「うず」

【ず】で勝負《しょうぶ》だ。

テクニカルノックアウトをねらう。

「ず……」

どうだ、【ず】のつく生《い》き物《もの》はいるか?

健太《けんた》はくちびるをかんだ。

「8、7、6……」

ギブアップか、健太《けんた》。

健太《けんた》の視線《しせん》が床《ゆか》に落《お》ちていく。

顔《かお》をあげろ。

ファイティングポーズをとれ。

生《い》き物《もの》でなくてもいいんだぞ、なにか出《だ》せよ。

健太《けんた》との勝負《しょうぶ》をやめたくなかった。

ずっとずっと競《きそ》いあっていたい。

「……2、1。アウトー」

勇人《ゆうと》のお母《かあ》さんの声《こえ》が静《しず》かにひびいた。

「終《お》わったー」

「やったー。恭平《きょうへい》すごい！」

「健太《けんた》もすごーい」

音声《おんせい》を消《け》していたような体育館《たいいくかん》が、いっきに明《あか》るい声《こえ》にわいた。

「優勝《ゆうしょう》は二組《くみ》の速水《はやみ》恭平《きょうへい》くんです」

みんなの拍手《はくしゅ》がせい大《だい》になりひびき、

ぼくは両手《りょうて》をあげてバンザイした。

横《よこ》にいる健太《けんた》のうでをとって、

二人《ふたり》で手《て》をあげる。

小春《こはる》も勇人《ゆうと》も感動《かんどう》しているのか、

必死《ひっし》で手《て》をたたいている。

ぼくはちょっとはずかしくなって顔《かお》をそむけたら、

こんどは、りか先生《せんせい》のウルウルした目《め》とぶつかってしまった。

「【る】の対策《たいさく》はみんなしてきたようだけど、

恭平《きょうへい》くんの【ぬ】や【ず】で攻《せ》める作戦《さくせん》はみごとでした。

これからもしりとり、続《つづ》けてみてくださいね。テーマをきめてやるジャンルしりとりも楽《たの》しいですよ。学年行事《がくねんぎょうじ》はこれで終《お》わります。先生方《せんせいがた》、保護者《ほごしゃ》のみなさま、ご協力《きょうりょく》ありがとうございました」

お父《とう》さんやお母《かあ》さんたちも、がんばったぼくたちに拍手《はくしゅ》してくれているのだろうけど、ぼくはしりとり大会《たいかい》を企画《きかく》してくれたＰＴＡ《ピーティーエー》の役員《やくいん》さんたちに心《こころ》からの拍手《はくしゅ》をおくった。

長《なが》い勝負《しょうぶ》が終《お》わり、人《ひと》がへって、やっと体育館《たいいくかん》に風《かぜ》がふきぬけた。

「ルリタテハ」

「ルリハコバシチメドリ」

「ルーセットオオコウモリ」

舌《した》をかみそうなややこしい言葉《ことば》を、健太《けんた》はスラスラといってのける。

「それを出《だ》されちゃ、健太《けんた》に負《ま》けてたよな」

「ははは……。やっぱ、さすがだな恭平《きょうへい》は」

「いや、健太《けんた》のほうがすごいよ。

生《い》き物《もの》だけで勝負《しょうぶ》してくるとは。やるな」

健太《けんた》の顔《かお》にシュッとうでをのばす。

健太《けんた》もぼくの顔《かお》にうでをのばした。

「クロスカウンターだ」

健太《けんた》のほっぺたをこぶしでグリグリした。

ぼくのほっぺたを健太《けんた》のこぶしがグリグリする。

「すげー、へんな顔《かお》ー」

「恭平《きょうへい》もだぞー」

二人《ふたり》でゲラゲラ笑《わら》いながら、

ぼくたちはそのうでを肩《かた》にまわし、がっしり組《く》んで体育館《たいいくかん》をあとにした。

作者

新井けいこ

あらい・けいこ

東京都生まれ。1994年に『キャンバスには家族の絵を』でデビュー。その他の作品に『夢通りふれあい祭り』『オー!まきばのなかま』『有名人のママをもつと』『やすしのすしや』『電車でノリノリ』(いずれも文研出版)などがある。日本児童文学者協会会員。

画家

はせがわ はっち

東大阪市生まれ。近畿大学卒業後、病院勤務を経て、現在は調剤薬局に勤務。子どものころから漫画を描くのが好きだったことから、社会人になってアートスクールに通い、絵本づくりを学ぶ。2017年『さらじいさん』(ブロンズ新社)でデビュー。

しりとりボクシング

2017年12月24日　第1刷発行
2025年 5 月30日　第8刷発行

作者　新井けいこ
画家　はせがわ はっち
発行者　小峰広一郎
発行所　株式会社 小峰書店
〒162-0066 東京都新宿区市谷台町4-15
電話 03-3357-3521
FAX 03-3357-1027
https://www.komineshoten.co.jp/
印刷所　株式会社 三秀舎
製本所　株式会社 松岳社

NDC 913　124P　20cm　ISBN978-4-338-31901-0